Werner Bergengruen
Der spanische Rosenstock

Werner Bergengruen
Der spanische Rosenstock

Novelle

Arche

Copyright © 1946, 2006 by Arche Literatur Verlag AG,
Zürich-Hamburg
Alle Rechte vorbehalten
Satz: Uhl + Massopust, Aalen
Druck und Bindung: Clausen & Bosse, Leck
Printed in Germany
ISBN 3-7160-2292-6

Der spanische Rosenstock

Fabeck, ein junger Dichter, liebte ein Mädchen, von dem er nun für eine längere Zeit Abschied zu nehmen hatte. Am Vorabend seiner Abreise gingen sie miteinander durch den schon dunkel gewordenen Park. Es war im hohen Sommer. Das gemähte Gras lag noch auf den Parkwiesen, und von ihm ging ein kräftiger und süßer Geruch aus. Vom Parkweiher kam das Quaken der Frösche. Sonst war nur fernes Hundegebell vernehmbar. Ab und zu hörte man auch das Knirschen von Schritten auf dem Kies der Wege, dann wurde es wieder still.

Fabeck und Christine stiegen den Hügel hinan, auf dem ein steinernes Tempelchen im griechischen Geschmack stand. Hier setzten sie sich hin, und es war ihnen bange ums Herz.

Sie sprachen nicht, denn alles, was Menschen vor dem Beginn einer Trennung einander zu sagen pflegen, hatten sie sich gesagt und wiederholt.

Erzähle mir auch heute eine Geschichte, zum letzten Male, bat das Mädchen nach einer längeren Weile.

Fabeck hatte die Gewohnheit, Geschichten zu erzählen, und am liebsten erzählte er sie Christine. Oft nahmen seine Erzählungen von Märchen, Sagen oder geschichtlichen Vorfällen ihren Ausgang, andere schöpfte er gänzlich aus seiner Eingebung; doch schrieb er diese Geschichten nie auf, sei es, daß er sich zu dieser Art der Hinvergeudung reich genug meinte, sei es, daß er dunkel fühlen mochte, es fehle ihm noch eine bändigende und sondernde Kraft, wie sie nur in Jahren erworben werden kann.

Fabeck dachte jetzt eine kurze Zeit nach und

begann: Am Hofe eines gewissen Herzogs lebte ein unbegüterter junger Mann namens Lysander. Diesen Lysander erfaßte eine heftige Leidenschaft für die jüngste Tochter des Herzogs, welche Oktavia hieß. Lange Zeit diente er ihr, ohne daß sie es bemerkte; endlich begann sie ihn vor andern auszuzeichnen, doch geschah dies sehr unauffällig und nur ihm allein wahrnehmbar.

Einmal faßten sie sich ein Herz zueinander. Dies war auf einer Lustfahrt, die der Herzog, fremden Gästen zu Ehren, mit seinem ganzen Hofstaat unternahm. Man war in geschmückten Barken den Fluß hinuntergefahren. Dieser verbreitete sich sehr beträchtlich, je mehr es der Mündung zuging. Das Wasser floß träge. Mitten auf dem Flusse war eine breite Wasserstraße freigehalten, auf dieser fand der gewöhnliche Schiffsverkehr statt; rechts und links aber zogen sich große Schilfwälder zum Ufer hin, und zwischen ihnen lief ein Gewirr schmaler Wasserpfade, die zur Not die Breite zweier Ruder hatten. Inmitten dieser Schilf-

wildnis waren ein paar kleine Inseln festen
Landes; hier und da stand auf ihnen eine win-
zige Hütte für den Fischfang oder die Enten-
jagd. Die Barken auf der Wasserstraße der
Flußmitte waren mit Teppichen und Girlan-
den geziert und trugen zahllose bunte Wim-
pel. Die Musik spielte. Aus dem Flusse
tauchte ein Stromgott hervor, mit Seerosen
und Binsenkraut im wirren Bart und im Kopf-
haar. Er begrüßte die Gäste mit einer langen
gereimten Ansprache. Nur zum Schluß wurde
er eilig, stolperte über seine Verse und
schnaufte, denn er war von feister Körperbe-
schaffenheit, und das Schwimmen hatte ihn
ermüdet. Man zog ihn an Bord, bewirtete ihn
und sagte ihm Lobsprüche; es war einer der
Schauspieler des Herzogshofes.
Jetzt wurden die Barken von einer ganzen
Flotte leichter kleiner Ruderboote eingeholt,
deren jedes außer dem Ruderer nur noch
einem einzigen Menschen Platz bot. Sie legten
an den Barken an, und die Gäste und die Hof-
gesellschaft verteilten sich auf die Boote, nur

die Älteren blieben auf ihren Barken, die mit Sonnenzelten versehen waren. Es begann nun ein Spiel, das einer Fuchsjagd ähnelte, ein Boot entfernte sich mit gehörigem Vorsprung und verschwand zwischen dem Schilf im Gewirr der Wassergassen; die übrigen setzten ihm nach.

Lysander hatte keinen Gedanken für das Boot, das den Fuchs darstellte. Er behielt Oktavias Boot im Auge und folgte ihm. Sein Ruderer machte ihn aufmerksam, er werde den Fuchs am ehesten aufspüren, wenn er sich rechts halte; Lysander reichte ihm als Trinkgeld ein Geldstück, mit dem er eine längere Weile hätte haushalten müssen, und sagte, er solle tun, was ihm befohlen werde.

Oktavias Boot war mit andern im Schilf verschwunden. Lysander sah es auftauchen und abermals verschwinden. Die übrigen hatten sich verloren. Oktavias Boot wurde noch einmal sichtbar, dann glitt es um eine Ecke. Lysander gab dem Ruderer die Richtung an. Der Ruderer warnte: Das ist eine Bucht und Sackgasse, dort ist kein Weiterkommen, und es wird nur Zeit verloren. Lysander hieß ihn rudern.

Oktavia war eine Weile gefahren, ohne sich um den Fuchs zu kümmern. Es war ohnehin gesagt worden, die Ehre des Fuchsfanges habe den Gästen zuzufallen; so mochte sie lieber ihren Gedanken nachhängen als am Gehetze der übrigen teilnehmen.

Am Himmel stand eine bleiche und stechende Sonne. Es war sehr schwül. Oktavia gewahrte vor sich eine kleine Insel. Aus dem Weidendickicht hob sich eine Jagdhütte, nicht größer als vier Schilderhäuser. Oktavia hieß ihren Ruderer anlegen und stieg ans Land. Das morsche Hüttchen war verschlossen, Oktavia setzte sich in seinem Schatten aufs Gras. Es war einsam und still. Die Ruderschläge und Zurufe waren längst verstummt. Ab und zu schnellte ein Fisch aus dem Wasser, eine Ente quarrte, ein Taucher, ein Wasserhuhn oder eine Rohrdommel schrie. Sonst war nichts zu hören als das einförmige Summen der Sumpfmücken und Libellen. Und es war auch nichts zu sehen als die graugrüne Wand des Weidendickichts und darüber der weißliche Himmel mit seiner Sonne und seinem trägen Dunstgewölk.

Oktavia geriet in eine träumerische Bezauberung. Sie fuhr zusammen, als Lysander plötzlich vor ihr stand. Sie erschrak und errötete, denn in diesem Augenblick merkte sie, daß sie ja auf Lysander gewartet hatte.

Sie waren beide verwirrt und wußten nicht, was für Worte sie einander sagen sollten, um das auszudrücken, was sie in ihren Herzen fühlten.

Oktavia fragte ihn, warum er nicht hinter dem Fuchs her sei. Er antwortete nicht darauf, sondern setzte sich neben sie und nahm ihre Hand, die sie ihm überließ. Sie schloß die Augen. Er sagte mühsam, er habe sehr lange auf diesen Augenblick gewartet.

Ich auch, flüsterte Oktavia; es war kaum zu hören.

Ist das wahr? fragte er und küßte ihre Hände. Und dann sprachen sie wieder eine Weile kein Wort mehr.

Endlich sagte Lysander: Es sind uns nur we-
nige Augenblicke noch zu Gebot, denn es
kann ja jederzeit ein Nachzügler oder ein Ver-
irrter mit seinem Boot an die Insel kommen,
und wir müssen auch an unsere beiden Ruderer denken. Oktavia wunderte sich darüber,
denn sie hatte denken müssen, alle Welt und
alle Zeit sei vorbei und es gebe keine Fuchsjagd und keinen Hof mehr.
Lysander fuhr fort: Ich habe dir durch Jahre
meine Liebe und meine Treue bewahrt. Ich
habe keinen andern Wunsch als den, daß mir
das mit gleicher Liebe und mit gleicher Treue
vergolten werde. Wird das sein können? Oktavia legte ihre Arme um seinen Hals und sagte:
Ja.
Lysander sagte nun kein Wort mehr. Er küßte
Oktavia noch einmal und ging dann zu seinem
Boot.
In der nächsten Zeit hatten sie nur selten die
Möglichkeit, miteinander zu sprechen, noch
seltener die, miteinander auf Augenblicke allein zu sein. Damals ging Lysander mit sich zu

Rate und machte seinen Plan. Bei einer Feierlichkeit, die im hohen Sommer im nächtlichen Schloßgarten gegeben wurde, fand er die Gelegenheit, abseits vom Fackelschein mit Oktavia durch die Lorbeerallee zu gehen. Sie küßten sich rasch, und dann sagte er ihr, was er vorhatte.

Es war damals ein sehr entferntes Land aufgefunden worden, in das viele Leute sich begaben, namentlich jüngere Söhne, die daheim kein eigenes Erbteil zu erwarten hatten. In diesem Lande fanden viele ihren Tod, andere erwarben sich Reichtum und hohe Würden und kehrten dann wieder in ihre Heimat zurück. Lysander war durch sein Leben am Hofe von den Verhältnissen des Herzogshauses gut unterrichtet. Das Land war klein und verschuldet, Oktavias ältere Schwestern hatten bei ihrer Verheiratung große Mitgiften erhalten, wie das dem Sinn des Herzogs entsprach, und so bestand keine rechte Aussicht mehr, die jüngste Tochter an einen regierenden Fürsten zu verheiraten. Darum machte

Lysander sich Hoffnung, er werde Oktavia von ihrem Vater erhalten können, wenn Gott ihm zu seinen Unternehmungen Glück gebe und er in dem Stande zurückkehre, den er sich vorgesetzt hatte.

Sie gingen durch die Lorbeerallee und kamen in den dunklen Park, während Lysander dem Mädchen diesen Plan vortrug. Das gemähte Gras lag noch auf den Parkwiesen, und von ihm ging ein kräftiger und süßer Geruch aus. Vom Parkweiher kam das Quaken der Frösche. Sonst war nur fernes Hundegebell vernehmbar, denn die Musik schwieg, und der übrige Lärm des Festes drang nicht bis hierher.

Lysander und Oktavia stiegen einen Hügel hinan, auf dem ein steinernes Lusttempelchen stand. Hier setzten sie sich hin. Oktavia sagte: Das Herz hat mir stillstehen wollen, weil du so weit fortzugehen denkst. Aber ich darf wohl nicht weniger Mut haben als du.

Ihre Hand lag auf Lysanders Unterarm; Lysander fühlte, wie diese Hand zitterte. Er

sagte: Alle Zeit will gemessen sein, anders
können wir Menschen nicht leben, das Ewige
hat Gott sich allein vorbehalten. Willst du mir
versprechen, daß du sieben Jahre lang auf
meine Rückkehr warten willst?

Sieben Jahre und immer, antwortete Oktavia.

Es sollen nur sieben Jahre sein, sagte Lysander. Bin ich nach sieben Jahren nicht zurück-
gekehrt, so nimm das als ein Zeichen meines
Todes und verhalte dich alsdann, wie dein
Herz es dir eingibt. Diese sieben Jahre sollen
genau auf den Tag gelten, und sie sollen ge-
rechnet sein vom Tage meiner Abreise an, den
ich heute noch nicht zu bestimmen vermag, da
ich noch manches zu ordnen habe; doch wird
er bald sein. Aber den Abschied voneinander
wollen wir heute schon nehmen, denn wir wissen ja nicht, ob wir noch einmal eine Gelegenheit haben werden, miteinander zusammenzu-
sein.

Den Abschied wollen wir heute nehmen, wie-
derholte Oktavia.

Und jede Begegnung, die uns hernach noch

zuteil werden sollte, wollen wir empfangen als ein unverhofftes Geschenk.

Lysander glaubte Oktavia leise schluchzen zu hören. Er redete ihr liebreich zu und sagte dann: Ich will dir etwas zum Abschied geben, Oktavia. Ich kann es aber nicht selbst in deine Hände legen, weil das von jemandem beobachtet werden könnte. Wenn du hörst, daß ich abgereist bin, so gehe noch am gleichen Tage in den Garten. Hinter der Wasserkunst, dort, wo das Flieder- und Holundergebüsch des Schloßgrabens anfängt, wirst du einen spanischen Rosenstock in einem schneeweißen Holzkübel sehen. Diesen Rosenstock nimm zu dir und pflege ihn.

Ich werde das tun, sagte Oktavia. Ich werde ihn pflegen, wie ich noch nie eine Pflanze gepflegt habe. Aber es brauchte keinen Strauch, um mich an dich zu erinnern.

Es ist auch nicht ein Strauch wie andere, sagte Lysander. Auf dem Landgut, wo ich groß geworden bin, gibt es einen alten Schäfer, den ich von klein auf kenne und von dem ich in meiner einsamen Kindheit manche Gutherzigkeit erfahren habe. Der versteht sich auf vielerlei Dinge, und an den habe ich mich gewandt und habe mir von ihm die Kunst sagen und den Rosenstock zurichten lassen. Die Erde, in der er steht, ist mit Haaren und Nägelabschnitten von mir vermischt, und die Wurzeln sind mit meinem Blut getränkt worden. Dazu hat der Schäfer noch allerlei andere Dinge mit dem Rosenstock vorgenommen, er hat Zeichen in das Stämmchen geritzt und auch meinen Namen und mein Geschlechtswappen und den Stand der Planeten in meiner Geburtsstunde. Durch all dieses ist eine solche Verbindung zwischen dem Leben des Rosenstocks und meinem Leben zustandegekommen, daß das eine zum Abbild des andern geworden ist. Du mußt nun den Strauch sehr genau beobachten. Fängt er an zu welken und an seiner Lebenskraft zu verlieren, so richte deine Gedanken auf mich mit aller Stärke, deren du fähig bist, und bete für mich. Denn dies wird ein Zeichen sein, daß ich in Gefahr und an meiner eigenen Lebenskraft bedroht bin. Blüht und treibt und gedeiht er aber, so sei meinethalben ohne jede Sorge. Wenn er jedoch verdorrt ist, so sollst du nicht länger auf meine Rückkehr warten, denn dann werde ich tot sein, und du hast alle Freiheit, dein Herz hinzuwenden, wohin du magst, einerlei wieviel Zeit noch bis zur Vollendung der sieben Jahre fehlen mag.

Davon mußt du nicht sprechen, sagte das Mädchen.

Auf diesen Einwurf antwortete Lysander nicht, sondern bat Oktavia, sie möge in diesem Falle aus dem Holz des Stämmchens einen Rosenkranz arbeiten lassen und für seine Seele beten. Weiter sagte er: Wenn du mir einen Brief schreiben willst, dann schreibe ihn und verbrenne ihn und mische die Asche in die Erde des Stockes, das wird sein, als wäre ein Liebeswort von dir zu mir gekommen. Und jeden Monat einmal, wenn der Mond seine vollkommene Gestalt erreicht hat, stelle den Rosenstock ans offene Fenster, so daß der runde Mond ihn anscheint. Ich werde um diese Zeit zum Monde hinaufsehen, und so wird eine Verbindung sein zwischen dir und mir. Aber von all diesem, was ich dir da gesagt habe, sollst du zu keinem Menschen sprechen.

Oktavia lehnte ihr Gesicht, das von Tränen feucht war, gegen Lysanders Schulter und sagte: Ich werde alles tun, was du gesagt hast.

Lysander sagte: Wir müssen jetzt gehen, sonst könnte man dich vermissen.

Da standen sie auf, verließen das Lusttempelchen und stiegen den Hügel hinab. Sie gingen durch die Wiesen und gelangten in die dunkle Lorbeerallee.

Die Musik begann wieder zu spielen, und zwischen den schwarzen Zweigen sahen sie bunte Leuchtkugeln aufsteigen, silberne, hellgrüne, rote, blaue und feuerfarbene und auch solche, die alle Farben in sich vereinigten wie der Regenbogen, der den Menschen als Verheißung gegeben ist und als Unterpfand ihrer Hoffnung. Am Ausgang der Lorbeerallee

trennten sie sich, und von da an sahen sie
einander nur noch aus der Ferne oder in Gegenwart vieler anderer Menschen, eine Reihe
von Tagen hindurch.

Dann hörte Oktavia eines Vormittags, Lysander habe sich von ihrem Vater beurlaubt und
habe die Stadt verlassen. Dies war am Tage der
Apostel Peter und Paul. Da begab sie sich mit
schwerem Herzen in den Schloßgarten und
ging alle die Wege, die sie mit Lysander gegangen war, und sie erschienen ihr fremd und
ohne Verklärung im hellen Licht der Sonne.
Hinter der Wasserkunst, am Flieder- und Holundergebüsch des Schloßgrabens, fand sie
den spanischen Rosenstock; der schneeweiße
Holzkübel leuchtete schon von weitem durch
das Gezweige. Sie trat hinzu, sie atmete den
Duft der dunkelroten Blüten, sie strich über
die Blätter und liebkoste die kleinen Dornen,
die bräunlich aus den weichen grünen Zweigen wuchsen, und sie dachte, daß dies von nun
an ihre liebste Habe und Freundschaft sein
sollte bis an Lysanders Wiederkehr.

Oktavia rief einen Gärtnerjungen und befahl ihm, den Rosenstock zum Palast zu tragen. Der Junge wunderte sich, wie der Rosenstock in jene Gegend des Schloßgartens geraten sein möchte. Aber da Oktavia ihn nicht zu einem Gespräch ermunterte, so wagte er nicht zu fragen. Am Eingang des Gartensaales trafen sie einen Diener, der mußte den Kübel in Oktavias Zimmer schaffen und ihn dort zu den vielen anderen Topfgewächsen stellen.

Von nun an waren Oktavias Gedanken auf den spanischen Rosenstock gerichtet, wie sie immerdauernd auf Lysander gerichtet waren. Ja, im Anfang konnte es geschehen, daß sie plötzlich eine Sorge überfiel und eine heftige Sehnsucht, dann stahl sie sich unter irgendeinem Vorgeben von den andern fort und eilte in ihr Zimmer, um sich der unveränderten Lebenskraft und des unangefochtenen Reichtums der Rose aufs neue zu versichern. Denn dieser Rosenstock war nun ihr Leben; nur an ihm maß sie das Steigen und Sinken der Jahreszeit; in seiner Pflege hatte sie eine tägliche Probe ihrer Treue. Sie goß und beschnitt ihn, sie hielt ihn frei von allem Ungeziefer. Wenn sie ihn umpflanzte, so achtete sie sorglich darauf, daß von der alten Erde nichts verlorenging. Zur Zeit des Vollmonds rückte sie den Strauch an das geöffnete Fenster; dann sah sie auf die runde und glänzende Scheibe, und es dünkte sie eine Täuschung, daß sie je hatte glauben können, von Lysander getrennt zu sein. In solchen Nächten schrieb sie auch ihre Gedanken in einen Brief, verbrannte ihn an der Kerze und mischte die Asche unter die Erde, nahe den Wurzeln. Von aller Trauer um die Trennung von Lysander war sie frei geworden, sie war seiner gewiß, wie sie des Rosenstockes gewiß war, und weil er sich schön und frisch erhielt, darum war sie getrost und voller Hoffnungen.

Oktavia war bei Lysanders Abreise noch sehr jung gewesen; so jung, daß sie nach sieben Jahren noch nicht jenes Alter, in welchem viele Mädchen einem Manne zur Ehe gegeben werden, hinter sich haben konnte. Alle waren der Meinung, daß ihre Schönheit von Monat zu Monat zunehme.

Im Anfang hatte jeder, der in ihr Zimmer trat, den Rosenstock bewundert und Oktavia gefragt, wie sie zu ihm gekommen sei; denn es konnte sich niemand erinnern, einen Strauch von solcher Kräftigkeit und Fülle gesehen zu haben. Oktavia pflegte nur zu erwidern, er stamme aus den Gebüschen des Schloßgartens, von dort habe sie ihn holen lassen, und mit der Zeit gewöhnten die Menschen ihres Umganges sich an den Rosenstock und fragten nicht mehr.

Im dritten Jahr nach Lysanders Aufbruch kam an den Hof ein Geschwisterpaar, das durch eine sehr entfernte Verwandtschaft mit dem Herzogshause verbunden war, aber keinem regierenden Geschlecht angehörte. Der Bruder hieß Filenio und die Schwester hieß Clelia. Weil sie daheim nur ein sehr schmales Erbteil hatten, darum wollte der Herzog ihnen eine Versorgung zuwenden, und so gab er Filenio die Stelle, die vordem Lysander innegehabt hatte, und gesellte Clelia als Gefährtin und Begleiterin seiner Tochter Oktavia zu. In kurzer Zeit gewann Filenio Oktavia lieb und hätte sie gern zur Frau gewonnen, denn die Verwandtschaft war so weitläufig, daß hierin kein Hindernis erblickt werden konnte. Nun hatte Filenio als ein Verwandter des Hauses wohl einen leichteren Zugang zu Oktavia, als Lysander gehabt hatte; allein das half ihm nicht, Oktavias Neigung zu gewinnen. Ja, sie wurde es nicht einmal gewahr, daß er sich um sie bemühte, und seine Anspielungen verstand sie nicht. Wiederum fürchtete er, Oktavia zu erschrecken und sich zu entfremden, wenn er in seinen Werbungen mit größerer Dringlichkeit verführe.

In seiner Ratlosigkeit besprach er sich mit Clelia, und diese, die dem Bruder sehr zugetan war, riet ihm zur Geduld.

Oktavia, so sagte sie, hat noch keinen Gedanken an einen Mann. Du mußt sie langsam an dich gewöhnen, und ich werde zu ihr häufig von dir sprechen. An ihren Vater aber mußt du dich nicht früher wenden, als bis Oktavia dich liebgewonnen hat und bei ihm zu deinen Gunsten spricht. Denn einstweilen mag er wohl denken, ihr mit der Zeit einen reicheren und mächtigeren Bräutigam zu finden, als du es bist.

Nun ereignete es sich ein Jahr, nachdem diese Geschwister an den Herzogshof gekommen waren, daß ein Markgraf, ein reicher und verwitweter Mann in vorgerückten Jahren, der vor langer Zeit des Herzogs Bundesgenosse in einem Kriegszug gewesen war, diesem eine Botschaft schickte: er wolle ihn gern besuchen und mit ihm von jenen früheren Zeiten reden. Der Herzog ließ ihm sagen, daß er sehr willkommen sein werde, und begann gleich allerlei Feierlichkeiten und Ehrungen zu seinem Empfange anzuordnen. Und da der Markgraf den Seeweg zu nehmen beabsichtigte, so wollte der Herzog ihm entgegenfahren. Es sollte wieder eine Fuchsjagd abgehalten und eine Reihe festlicher Tage auf dem Wasser verbracht werden.

Von diesem Plane gab der Herzog seiner Tochter Kenntnis und unterrichtete sie davon, daß er bei diesen Veranstaltungen ihre Gegenwart wünschte. Darüber war Oktavia erschrocken, denn bisher war es noch nie geschehen, daß sie sich auch nur für einen Tag von ihrem Rosenstock getrennt hätte; auch fiel in die Zeit dieser Wasserfestlichkeiten gerade der Vollmond. Sie bat den Vater, er möge ihr erlauben, zu Hause zu bleiben, aber da sie keinen rechten Grund für diesen Wunsch anzugeben vermochte, hielt der Herzog ihn für eine Mädchenlaune und bestand auf seinem Willen.

Je näher nun der Tag kam, an welchem der Hof aufbrechen wollte, um so schwerer wurde Oktavias Herz. Sie malte sich aus, wie Lysander, der vielleicht von Widerwärtigkeiten, Gefahren und Kämpfen aller Art angefochten wurde, sich aus dieser begegnungshaften Verbindung im Schein des Vollmondes einen geheimnisvollen Trost erwartete, gleich wie ja auch Oktavia ihn allmonatlich empfing. Am meisten aber fürchtete sie die eigene Angst.

Wie sollte sie ruhig sein können, wenn sie nicht, wie bisher an jedem Tage seit Lysanders Abreise, sich von dem Zustande des Rosenstockes und damit von Lysanders getreuem und unverstörtem Leben zu überzeugen vermochte?

In solchen Besorgnissen dünkte es sie endlich der gewisseste Ausweg, Clelia in ihr Vertrauen zu ziehen. Clelia, so plante sie, sollte sich krank stellen, um von der Teilnahme an der Wasserfahrt entbunden zu werden. Eine Erkrankung Clelias würde keinem Mißtrauen begegnen, während zu ihr selber der Herzog, den ihr erstes Widerstreben aufmerksam gemacht hatte, augenblicks seine Ärzte senden würde. Freilich dachte Oktavia nicht daran, dem Schweigeversprechen, das sie Lysander gegeben hatte, untreu zu werden. Und so weihte sie Clelia nur zur Hälfte ein, denn sie hatte ja noch nicht Erfahrung genug, um zu wissen, daß sie gerade mit diesem halben Anvertrauen ihr Geheimnis aufs äußerste gefährdete.

Sie begann also, indem sie Clelia bat, über das

zu schweigen, was sie ihr jetzt mitteilen wolle.
Und nachdem Clelia das versprochen hatte,
erbat sie von ihr, errötend und mit manchem
Stocken, den Freundschaftsdienst. Der spanische Rosenstock sei ihr wichtig und teuer, sie
könne über die Gründe nicht sprechen, Clelia
möge ihr die Teilnahme an der Flußfahrt op-
fern, möge seine Pflege übernehmen und ihr
jeden Morgen eine Botschaft über seinen Zu-
stand senden. Ferner möge sie ihn auf die und
die Weise und um die und die Stunde dem
Schein des Vollmondes aussetzen. Auch was
dies anging, bat sie Clelia, sie nicht um die
Ursache zu befragen.
Clelia war sofort entschlossen, Oktavias
Wunsch zu erfüllen, denn mit Rücksicht auf
die Pläne ihres Bruders war es ihr lieb, sich
Oktavia zu verpflichten und so tief wie möglich in ihr Vertrauen zu gelangen. Auch dünkte es sie wichtig, das Geheimnis zu ergrün-
den, das sich hier andeutete. Zum Scheine
sträubte sie sich eine Weile, indem sie durch-
blicken ließ, wie schwer der Plan auszufüh-

ren sein werde und welch großes Opfer sie damit bringe. Auf diese Weise erhöhte sich in Oktavias Augen der Wert der Zusage, die Clelia ihr zu guter Letzt gab; sie fiel Clelia um den Hals und küßte sie voller Dankbarkeit.

Am Abend vor der Abfahrt saß Oktavia lange vor ihrem Rosenstock, und ihr Herz war voller Schwermut und Bangigkeit wie an jenem Abend, da sie und Lysander voneinander Abschied genommen hatten. Sie sah zum Monde auf, der die Farbe des Honigs hatte und stark in der Zunahme begriffen war. Oktavia streichelte das Stämmchen, küßte behutsam Blüten und Blätter und schrieb ihre Traurigkeit und Liebe in einen Brief. Sie verbrannte ihn an der Kerze und mengte die Asche in die Erde, und es war ihr, als sei dies der zweite Abschied, den sie von Lysander zu nehmen hatte. Am folgenden Morgen wurde die Fahrt angetreten.

Als Fabeck bis hierher erzählt hatte, da fühlte er, wie Christines Hand, die auf seinem Unterarm ruhte, jählings zu zittern begann.

Reise nicht, bat Christine, und ihre Stimme drückte Furcht, Bitte und Demut aus, weit über den Gehalt dieser zwei Worte.

Fabeck antwortete ihr nicht. Eine Antwort mochte sie auch nicht erwartet haben, denn sie wußte ja, daß es nicht mehr bei ihm stand, ob er diese Reise unternehmen oder unterlassen wollte.

Er schwieg ein wenig und fuhr danach in seiner Erzählung fort:

Seit jener Begegnung mit Lysander war es jetzt das erste Mal, daß Oktavia wieder in diese Flußgegend kam. Es war ihr größter Wunsch, daß es ihr gelingen möchte, sich, und sei es nur auf kurze Zeit, von aller Festlichkeit zu entfernen und in die Einsamkeit jener Insel zu kommen, auf der Lysander zu ihr getreten war. Aber die Barken fuhren weiter bis an die Mündung und noch ein kleines Stück hinaus in die Meeresbucht, und hier kam der Markgraf mit seinem Gefolge an Bord, und nun nahmen alle die vorgesehenen Lustbarkeiten ihren Anfang.

Es war so eingeführt worden, daß während der ganzen Zeit bei den Barken täglich ein Bote aus der Herzogsstadt anlangte, der dem Herzog eilige Berichte seiner Ratgeber und Landverwalter zu übergeben hatte und zugleich auch den Mitgliedern der Hofhaltung Nachrichten von ihren Familien oder Amtsuntergebenen brachte. Durch diese Boten erhielt Oktavia täglich von Clelia die Meldung, der Rosenstock stehe wie immer in Flor und Kraft, und alle ihre Vorschriften würden auf das genaueste beobachtet. Durch einen solchen Boten erhielt auch Filenio einen Brief seiner Schwester.

Clelia hatte auch ihrem Bruder als erkrankt gegolten. Jetzt eröffnete sie ihm den wahren Grund ihres Zurückbleibens. Aus schwesterlicher Zuneigung und schwesterlicher Sorge um sein Glück habe sie, so schrieb sie, sich entschlossen, Oktavias Schweigegebot zu übertreten. Oktavias Mitteilungen, von so viel Heimlichkeit und Verwirrung umgeben, hätten es ihr fast zur Gewißheit gemacht, daß es mit dem Rosenstock eine besondere Bewandtnis haben müsse. Ob Filenio nie davon gehört habe, wie eine solche Pflanze als Mittlerin zwischen getrennten Liebenden geheimnisvoll sollte dienen können, dergestalt, daß der eine sich am Zustande der Pflanze von dem Ergehen des andern zu unterrichten vermöchte? Sie habe Erkundigungen eingezogen, seit wie langer Zeit Oktavia dieses Wesen mit dem Rosenstock triebe; sie habe herausgebracht, daß sein Beginn etwa mit der Abreise seines Vorgängers Lysander zusammenfalle. Sie gestand freimütig, wie sehr sie sich geirrt hatte, als sie meinte, Oktavia wisse noch von keiner Leidenschaft. Die Leidenschaft sei da, es müsse möglich sein, ihr eine andere Richtung zu geben. Filenio möge diese Tage nutzen, um seinem Ziele näher zu kommen; denn naturgemäß müsse es ihm leichter sein, sich Oktavia zu nähern, solange sie von dem Rosenstock als dem Talisman ihrer Liebe zu Lysander getrennt sei. Durch kleine Mißerfolge des Anfangs dürfe er sich nicht beirren lassen. Sie selbst, Clelia, werde nicht aufhören, am Glück ihres Bruders zu arbeiten, bis er sich des guten Endes erfreuen dürfe.

Mehr schrieb Clelia nicht, obwohl noch manches zu schreiben gewesen wäre. Aber sie hatte sich entschieden, Filenio über das, was sie vorhatte, in Unkenntnis zu lassen. Der Bruder sollte weder Mitwisser noch Mitschuldiger sein, sondern der Unbefangene, der reinherzige Glücksempfänger und der ruhige Glücksgenießer. Sie selber aber, unbedenklich, zielgewiß, entschlossen, sie machte sich an ihr Werk. Sie überlegte klar, sie suchte und wählte, ohne zu ermüden, voller Umsicht und Heimlichkeit, und sie sparte ihr Geld nicht, bis sie den Rosenstock gefunden hatte, der dem in Oktavias Zimmer am ähnlichsten war. Ein Gärtner richtete ihn her mit Stutzen und Binden. Dann riß sie Oktavias Stock aus dem Kübel und pflanzte den andern hinein. Sie achtete sorgfältig darauf, daß kein Krümchen der alten Erde mit dem neuen Stock in Verbindung kam. In das Stämmchen dieses neuen Stockes spritzte sie eine gewisse langsam wir-

35

kende Säure, die mit Sicherheit sein Verdorren heraufführen mußte. Den ausgerissenen Stock, an dem, von zahllosen feinen Würzelchen gehalten, die alte Erde unverstört haftete, trug sie hinaus und warf ihn in eine öde, abgelegene Gartenecke. Das geschah in der Nacht des Vollmondes.

Die tägliche Botschaft war Oktavias Tröstung in den unruhigen, lärmigen und verwirrenden Tagen dieser Woche; einer solchen Tröstung aber bedurfte sie sehr dringlich, denn es war ihr zumute wie einer Verbannten und einer Verfolgten. Besonders fürchtete sie sich vor dem Markgrafen, vor seinem dicken Bauch, seinem langen Bart und seiner dröhnenden Stimme, obwohl sie einräumen mußte, daß er ein gutmütiger und ehrenhafter Mann war. Aber er suchte ihre Gesellschaft und scherzte gern mit ihr auf seine laute und wenig geschliffene Art, und ihm zu Gefallen mußte der Herzog anordnen, daß seine Tochter bei den festlichen Mahlzeiten zur Seite des Gastes saß. Und nur, wenn der Markgraf mit ihrem Vater auf Wasservögel jagte, konnte Oktavia sich für Stunden sicher fühlen.

In einem der Briefchen, welche Oktavia täglich von Clelia empfing, schrieb diese, sie wisse wohl, daß Oktavia alles, was den Rosenstock angehe, behutsam und heimlich geführt haben wolle; darum meine sie, es sei nicht ratsam, daß ihr fernerhin der Bote die Briefe abgebe, da das auffällig werden und zu Gerede Anlaß bieten könnte. Sie werde also von nun an täglich ihrem Bruder schreiben und in die Briefe an ihn die Briefe an Oktavia einschließen, und er, der ja ein verschwiegener und ritterlicher Mann sei, werde ihr diese Briefe vorsichtig einzuhändigen wissen. Das geschah, und auf diese Weise hatten nun Oktavia und Filenio miteinander ein Geheimnis, und Oktavia war ihm und seiner Schwester dankbar. Zugleich bemerkte sie in Filenios Verhalten zu ihr viel Ergebenheit und zarte Fürsorge; denn ohne daß sie hierüber je ein Wort zu ihm gesprochen hätte, verstand er es, ohne Aufsehen hervorzutreten, wenn der Markgraf mit Oktavia lustwandeln wollte, sei es nun auf dem Verdeck der Barke, sei es am Ufer, denn die Barken legten an verschiedenen Orten an; und mit seiner großen Geschicklichkeit wußte er sie oft von einem Zusammensein mit dem Markgrafen freizumachen, ohne daß seine Absicht zu erkennen gewesen wäre.

In dieser Weise verfuhr er auch, als nach der ersten Woche dieses festlichen Wasserlebens abermals eine Fuchsjagd abgehalten wurde, und zwar in dem gleichen Revier wie jene erste. Oktavia hatte eine Sehnsucht, in dieser Morgenfrühe nach der Insel mit der Hütte und dem Weidendickicht und der gänzlichen Einsamkeit zu gelangen, und versprach sich hiervon den Wiedergewinn eines Friedens, der ihr zwar nicht verloren, aber doch sehr bedroht scheinen wollte. Sie sah, wie der Markgraf in seinem Boote dem ihrigen folgte. Sie hieß ihren Ruderer in einen Seitenarm abbiegen. Der Markgraf wollte den gleichen Weg nehmen. Sie spähte um die Ecke und sah Filenio auf den Markgrafen zufahren und konnte auch hören, was er mit ihm redete. Nämlich auf seine kluge und ehrerbietige Art legte er es ihm nahe, dem Fuchs nachzusetzen, dessen Fang ja ihm als dem Ehrengast zugedacht war, und setzte ihm eifrig auseinander, welchen Weg er dazu einzuschlagen habe, so daß dem verdrießlichen Markgrafen nichts anderes übrigblieb, als seinem Ruderer Befehle zu erteilen, durch die er sich von Oktavia wieder entfernte. Filenio begleitete ihn noch ein Stück, blieb dann hinter ihm zurück, als ob die Beschaffenheit seines Bootes und die geringere Tüchtigkeit seines Ruderers ihn dazu nötigten, und schlug darauf, vom Markgrafen unbemerkt, Oktavias Weg ein. An der Insel sah er ihr Boot liegen, er sprang an Land und ging zu ihr an die Hütte. Oktavia zuckte zusammen, als sie seine Schritte durch Gras und Gebüsch rascheln hörte. Sie sah ihn erschrocken an. Er verneigte sich höflich und sagte, dies schiene ihm die beste Gelegenheit, einen Brief seiner Schwester zu übergeben.

Oktavia brach das Siegel und las die ersehnte

und doch schon Gewohnheit gewordene Nachricht, der Rosenstock gedeihe unverändert. Sie dankte dem Überbringer und dachte verwirrt an die Ähnlichkeit, die zwischen dieser Lage und jener damaligen obschwebte. Die gewohnte Welt lag sehr weit, kein Laut und kein Rauch von ihr reichte an diese Insel.

Filenio sprach noch einige Worte von jener achtungsvollen Vertraulichkeit, zu der das gemeinsam gehütete Geheimnis ihn berechtigte; darauf verabschiedete er sich, ging zu seinem Boot und fuhr davon. Auch Oktavia verließ nicht lange darauf die Insel.

Am Abend dieses Tages wurde der Markgraf, der wohl oder übel dem Fuchs hatte folgen und ihn fangen müssen, als der Sieger gefeiert. Er sprach in seiner ungeschlachten Art viel Freundliches zu Oktavia und trank ihr häufig zu. Die Tafel stand auf dem Verdeck der großen Prunkbarke. Über all dem grellen Schein der Fackeln, Windlichter und Leuchtkugeln sah Oktavia trostsüchtig zu dem stillen Nachthimmel hinauf und zum Monde, der am fol-

genden Tage seine vollkommene Rundung er-
reichen sollte.

In der Frühe des nächsten Tages ließ der Herzog seine Tochter zu sich rufen und eröffnete
ihr, der Markgraf habe um ihre Hand ange-
halten. Oktavia war sehr erschrocken und
den Tränen nahe. Der Herzog sagte, der Markgraf habe zwar keinen fürstlichen Rang, doch
sei er ein stattlicher und ehrenwerter Mann,
dazu von sehr großem Reichtum und sein
alter Kriegsgefährte. Daher werde er ihm als
Schwiegersohn willkommen sein, und er selber, der Herzog, werde einmal ruhig sterben
können, wenn er seine jüngste Tochter in eines
solchen Mannes Obhut wüßte; dennoch solle
Oktavias eigene Meinung geachtet werden. Er
sprach längere Zeit auf sie ein, und inzwischen
gewann Oktavia einen Teil ihrer Fassung zurück. Der Vater, so sagte sie, kenne ihren
Gehorsam gegen seine Wünsche, daher möge er ihren Gehorsam auch achten, wo er
auf etwas anderes gerichtet sei: nämlich sie
habe gelobt, einstweilen im jungfräulichen

Stande zu bleiben und sich keinesfalls früher einem Manne zu verbinden als am Tage der Apostel Peter und Paul, von jetzt in drei Jahren.

Dem Herzog, der zu den schwankenden Menschen gehörte, war diese Antwort nicht unlieb, denn obwohl er seine Tochter dem Markgrafen gern zudachte, war er doch der Meinung, sie sei zum Heiraten noch sehr jung und angesichts ihrer Schönheit könne sich vielleicht noch ein Herzog oder gar König für sie finden. Daher drang er nicht weiter in sie, sondern küßte sie auf die Stirn und sagte, es sei gut, mit den Jahren werde man weiter sehen, und der Markgraf könne ja zur gedachten Zeit seine Werbung wiederholen.

In diesem Sinne beschied er auch mit aller Freundlichkeit den Markgrafen, und als dieser mißmutig meinte, nach drei Jahren werde er zum Heiraten fast schon zu alt sein, da schlug er ihn auf die Schulter und nannte ihn lachend einen Jüngling. Der Markgraf ließ sich begütigen, mochte nach diesem indessen seinen Besuch nicht länger ausdehnen, sondern nahm schon am nächsten Tage freundschaftlich Abschied, ohne daß Oktavia ihn noch einmal zu Gesicht bekommen hätte. Danach befahl der Herzog die Rückfahrt.

Oktavia klagte sich an, daß sie nicht jene Ruhe und Erleichterung zu empfinden vermochte, die sie von sich verlangen zu sollen meinte. Vielmehr wartete sie in großer Bänglichkeit der Stunde des Vollmondes entgegen. Sie löste sich von den übrigen und stand am Schiffsbug, der nun wieder der Herzogsstadt zugekehrt war.

Es war ein schwüler und trüber Abend, der Wind wehte schwach, und das Brodeln des Bugwassers war kaum vernehmlich. Oktavia wartete, der Mond blieb hinter einer schwer beweglichen Wolkendecke. Endlich erhellte sich deren Rand ein wenig. Zitternd und großäugig wollte Oktavia Lysander im aufscheinenden Silberlicht empfangen, da zuckte es durch ihr Herz und ganzes Wesen wie ein feuriger Schnitt und Schmerz, und der Mond

versank abermals hinter der dunklen Wand
der Wolken.

In einer großen Verstörung und Angst langte
Oktavia im Schlosse an, denn in diesen andert-
halb Wochen hatten mehr Drangsale und
Bängnisse nach ihrem Herzen gegriffen als in
allen den Jahren seit Lysanders Abschied. Sie
lief über Treppen und Gänge, um in ihr Zimmer und an den Rosenstock zu gelangen; aus
aller Verwirrsamkeit, so meinte sie, werde sie
bei ihm in einer Ruhe und in der Klarheit ihrer
Liebe geborgen sein. Aber da sie nun endlich
mit fliegendem Atem vor ihm stand, da empfand sie nichts als Leere und Fremdheit. Sie
starrte ihn an und begriff nicht, was sie sich
von ihm erwartet hatte. Ja, er schien ihr arm-
selig und verändert: aber so sehr war sie selber
um alles Gleichgewicht ihres Herzens gekommen, daß sie nicht zu erkennen vermochte,
worin diese Veränderung bestand. Sie versuchte an Lysander zu schreiben, aber sie
fühlte, daß die Worte ihr nicht zu Gebote waren und daß sie schief und undeutlich wurden,

kaum daß sie auf dem Papiere standen. Und sie konnte sich auch plötzlich nicht mehr vorstellen, wie denn ein verbrannter Brief etwas mit Lysander zu tun haben sollte. So gab sie es auf, ging zu Clelia und dankte ihr matt für die bewiesene Freundschaft und Sorgfalt.

Mit Schrecken und Kummer gewahrte Oktavia, daß ihr der Rosenstock auch ferner die alte Vertrautheit versagte. Sie warf das sich selber vor, wie eine Untreue, aber sie vermochte es nicht zu ändern. Und gleichzeitig fühlte sie Lysanders Bild in ihrem Herzen blasser werden. Vergebens bemühte sie sich mit allen Kräften des Willens, es wiederherzustellen.

In solcher Not mußte sie innewerden, daß die Veränderung des Rosenstockes auf eine bedrohliche Art weiterging. Ja, es wurde offensichtlich, daß dies keine Veränderung mehr war, sondern ein Niedergang, ein Hinwelken und Hindorren, das sich fast von Stunde zu Stunde fortsetzte. Erst faßte es die Blüten, dann die Blätter, es kam über die Zweige, es ergriff den Stamm.

Oktavia riß ihre verzweifelnden Gedanken zusammen und sandte sie wie Strahlenbündel nach Lysander aus; aber sie kehrten matt zurück, ohne ihn gefunden zu haben. Oktavia betete für ihn. Oktavia versuchte alle gärtnerische Kunst und Pflege, aber der Stock starb ab.

Oktavia gab Lysanders Leben verloren. Sie löste den Rosenstock aus der Erde, um aus seinem Holze einen Rosenkranz arbeiten zu lassen. Aber das Holz war faul, zerfressen und stinkend; so blieb nichts, als es in den Kamin zu werfen.

Es ist nicht nötig, von ihrem Seelenzustand zu sprechen. Nur dies soll gesagt werden, daß sie eine Schuld an dem Geschehenen in sich selber suchte.

Was für eine Schuld? unterbrach hier Christine den Erzähler. Kann denn das eine Schuld sein, daß sie, die jung und ohne Erfahrungen war, ihr Vertrauen in eine falsche Freundin setzte? Und was hätte sie denn tun sollen? Dies fragte sie fast zornig.

Fabeck antwortete: Ach, Christine, ich meine ja nicht eine Schuld in dem Sinne, wie man gewöhnlich und ohne viel Gedanken dieses Wort braucht. Gewiß konnte Oktavia nicht anders handeln. Es gibt Dinge, in denen wir gleichsam keine Wahl haben und schuldig werden müssen, und hier liegt wohl auch der Unterschied zwischen der Schuld und der Sünde. Schuldiggewordensein an einem Menschen bedeutet ja nicht ein Schuldiggewordensein vor Gott. Aber da ist wohl noch etwas anderes zu bedenken, nämlich daß das, was im Äußern geschieht, nur ein verdeutlichendes und vergröberndes Abbild der Dinge ist, die sich in den Seelen der Menschen ereignen, und daß das Bedeutsame hinter den Vorgängen verborgenliegt wie der Funke im Stein. Und so hat der Umstand, daß scheinbar ohne jedes Verschulden Oktavias das Unglück mit dem Rosenstock geschehen konnte, zugleich dieses zu bedeuten: daß irgendeine auf Lysander gerichtete Kraft in ihrer Seele schwächer geworden war. Und das hatte Oktavia wohl auch gefühlt, und daraus haben ihre Selbstvorwürfe sich genährt.

Wenn du es so ansehen magst, antwortete Christine, dann mußt du mir eine Frage zulassen. Daß mit dem Rosenstock, der doch zu Lysander in einer solchen Verbindung stand, diese Dinge hatten geschehen können, sollte das nicht dahin deuten, daß auch in Lysander eine Kraft schwächer geworden war?

Fabeck erwiderte leise:

Ja, Christine, es muß wohl eine solche Schuld auch bei Lysander gelegen haben.

Eine Weile schwiegen sie beide und hörten auf das Quaken der Frösche und das ferne Gebell der Hunde. Vom Turm der Hofkirche kam langsamer Stundenschlag.

Es ist schon spät, sagte Christine. Ich werde bald gehen müssen. Ich mag nicht glauben, daß deine Geschichte schon beendet sein sollte. Erzähle weiter, aber mache es schnell.

Ja, ich will schnell zu Ende kommen, sagte Fabeck traurig. Ich hätte wohl Lust zu einer Gemächlichkeit des Erzählens, wie wir sie von

Homer kennen, um damit diesen letzten Abend zu verlängern. Aber ich sehe wohl, daß das nicht sein darf. Ich will also nur sagen, daß Oktavia tief um Lysander trauerte und zugleich um die Schlaffheit, die sie ihrem eigenen Herzen vorwarf; und ihre Leiden mehrten sich dadurch, daß sie zu niemandem von ihnen sprechen konnte. In dieser nächsten Zeit kamen manche junge Männer an den Hof, die gern um sie geworben hätten. Aber sie erschien ihnen so schwermütig und unzugänglich, daß sie bald ihre Wünsche fallen ließen. So wurde es deutlich, daß sie zuletzt den Markgrafen werde nehmen müssen. Hiervon sprach auch ihr Vater mit immer größerer Entschiedenheit, ja er deutete an, vielleicht werde Oktavia sich entschließen, dem Markgrafen schon jetzt eine klare Zusage zu geben. Auch unter den Hofleuten war diese Meinung verbreitet.

In allen Bekümmernissen dieser Zeit hatte sich für Oktavia eine sonderbare Tröstung eingestellt. Nämlich auf einem ihrer einsamen Gänge durch den ausgedehnten Schloßgarten war sie an einer abgelegenen Stelle an ein Rosengebüsch geraten, das sie früher nie wahrgenommen hatte. Es war ein spanischer Rosenstrauch, und seine Blüten erinnerten sie auf eine wunderbare Art an Lysanders Rosenstock. Doch war der Strauch viel, viel mächtiger als ein solcher, dessen Ausbreitung durch den Umfang eines hölzernen Kübels beschränkt wird, ja es war ein kräftig und herrlich ausgreifendes Gebüsch entstanden, das schon fast eine dichte Laube bildete. Diese Laube wurde nun für Oktavia das liebste Ziel ihrer Gänge. Sie empfand hier eine Geborgenheit und einen Frieden des Geistes und wunderte sich immer wieder, wie dieses Gesträuch bisher ihrer Aufmerksamkeit nur hatte entgehen können. Sie hätte gern einen der Gärtner befragt, aber sie hatte eine Scheu, davon zu sprechen. Allmählich sänftigte sich Oktavias Trauer um Lysander, und sie fand Gefallen an der ritterlichen und zarten Art, mit der Filenio ihr diente, Filenio, der ja gleich Oktavia an Lysanders Tod glaubte. Es verhielt sich nicht

so, daß Oktavia ihn etwa geliebt hätte wie
zuvor ihren Lysander; indessen erschien ihr
das natürlich, denn sie erinnerte sich an Lie-
der, Sprichwörter und Erzählungen, in denen
davon die Rede war, daß der Mensch von gan-
zem Herzen nur einmal zu lieben vermöchte.
Aber eher wollte sie ihr Leben an Filenios
Leben binden als an das des Markgrafen, und
so darf man vielleicht doch sagen: Oktavia
liebte Filenio. In jedem Falle, sie ergab sich
endlich seinen beharrlichen und behutsamen
Werbungen. Nun war es aber gewiß, daß der
Herzog, der immer häufiger vom Markgrafen
redete, nicht in eine solche Verbindung wil-
ligen werde, und darum schlug Clelia vor,
Oktavia möge mit ihr und Filenio entfliehen.
Sei die Entführung einmal bewerkstelligt, so
werde der Herzog nach seiner Art eine Weile
sehr heftig zürnen, dann aber mit dem Geschehenen sich abfinden, ja zuletzt es gutheißen.
Oktavia schwankte sehr lange, und darüber
näherte sich jener Peter-Pauls-Tag, für welchen dem Markgrafen seine Zusicherungen

gemacht waren. Da Oktavia ja Zutrauen zu Clelias Klugheit und Erfahrung hatte und sich keinen andern Rat mehr wußte, so stimmte sie endlich, wiewohl zerspaltenen Gemütes, dem Plane zu.

Es entstand am Hofe eine sehr große Aufregung und ein sehr großer Kummer, als die drei in einer Morgenfrühe verschwunden waren und alles Suchen vergeblich blieb. Der Herzog fluchte und schluchzte durcheinander, und mit harten Vorwürfen gegen sich selbst erinnerte er sich, wie dringlich er auf dem Verlöbnis mit dem Markgrafen bestanden hatte. Zugleich aber fürchtete er sich vor dem Markgrafen, der für den folgenden Tag erwartet wurde.

Fabeck schwieg.

Ist deine Geschichte hier zu Ende? fragte das Mädchen, das schon zuvor einige Unruhe hatte erkennen lassen. Und warum mußtest du mir gerade das erzählen? Und gerade an diesem letzten Abend?

Ich weiß es nicht. Es ist mir so in den Sinn

gekommen, antwortete Fabeck bedrückt. Ob die Geschichte hier zu Ende ist? Nein, wenn du willst, ist sie noch nicht zu Ende.

Wenn ich will? Und du?

Ach, Christine, sagte Fabeck, sie sollte ja nicht zu Ende sein, und ich möchte ja noch die ganze Nacht und tausendundeine Nacht und tausendundeinen Tag hindurch hier so neben dir sitzen und deine Hand halten und dir erzählen dürfen. Ich möchte dir erzählen, wie es mit der Entführung bestellt war; nämlich wie Clelia und Filenio mit den Pferden vergeblich an der vereinbarten Stelle auf Oktavia warteten, bis sie alles für verraten und verloren hielten und nun allein die Flucht ergriffen.

Und Oktavia? fragte Christine.

Oktavia war vor Morgengrauen noch ein letztes Mal zu ihrem Rosengebüsch gegangen und hatte sich dort in vielen Gedanken niedergelassen und nicht wahrgenommen, wie die Rosenlaube zu wuchern und zu wachsen begann, bis sie sie völlig umschlossen hatte; aber es war dadurch über Oktavia keine Beängstigung gekommen, sondern ein sanftes Geborgensein und ein glücklicher Schlummer.

Das ist geschehen? rief Christine. Weißt du denn noch, wie du vorhin gesagt hast, alles, was im Äußern geschehe, sei nur ein Gleichnis? Wenn nun also der Rosenstrauch sich als Schutzmauer um Oktavia hat schließen können – soll das nicht ein Zeichen dafür sein, daß in Oktavias Seele und in Lysanders Seele noch eine Liebeskraft und Liebestapferkeit am Werke war, die alte Liebe und die alte Treue herzustellen und zu bewahren?

Fabeck nickte und drückte Christines Hand.

Christine bat: Aber nun sage rasch, was du mir noch hättest erzählen mögen.

Ich hätte dir erzählen mögen, fuhr Fabeck fort, von Lysanders Leiden und Triumphen und von der tödlichen Angst, die ihn in jener Vollmondnacht überkam, und von seiner Rückfahrt, die sich durch Stürme und Hindernisse so verzögerte, daß er erst kurz vor dem Tage der beiden Apostel die Hafenstadt erreichte; aber da konnte er kein Schiff mehr finden, weil der Markgraf alle Fahrzeuge für sich und sein Gefolge belegt hatte, um seine Braut prunkvoll einzuholen, und da ließ er seine Pferde und seine Dienerschaft und alles Gepäck zurück und erlangte für sich allein einen Platz auf dem Hauptschiff des Markgrafen, und keiner wußte vom andern, zu welchem Zweck er es so eilig hatte, in die Herzogsstadt zu kommen. Ich möchte dir erzählen dürfen, wie die Rosenhecke sich vor Lysander öffnete und wie er seine Oktavia schlafend fand, so frisch und so schön, als habe Gott selber sie mit Rosentau und Rosenhonig genährt, und wie er sie in seine Arme schloß und mit ihr vor den Herzog trat und wie schließlich der Markgraf den Herzog auf die Schulter schlug und sagte: Lassen wir die jungen Leute allein und fahren wir Wasservögel jagen. Am Ende ist mir altem Narren ganz recht geschehen, daß ich ihm selber den Steigbügel habe halten müssen.

Und weiter möchte ich dir erzählen, wie die beiden Brautleute zueinander sagten: Es muß wohl ein jedes von uns eine Schuld an allem Geschehenen haben, wenn wir diese Schuld auch nicht deutlich zu erkennen vermögen. Und vielleicht soll ein Tropfen Schuld in jedem Becher Liebe sein. Denn wohl erprobt sich die Liebe in der Treue, aber sie vollendet sich erst in der Vergebung.

Und ich möchte weiter erzählen dürfen, wie aus dem Rosenholz zwei Rosenkränze gemacht wurden und später eine Wiege und zuallerletzt zwei Särge und zwei Grabkreuze, diese aber erst nach sehr langer Zeit, und wie das Rosengebüsch sich dennoch fortbreitete und wie ein ganzer Rosengarten aus ihm entstand und wie mit seinen Rosen das Abendrot und die Morgenröte spielten und der Wind, der durch Äolsharfen gegangen war und die Tränen von den Wangen der Geängstigten fortgetrunken hatte, und der Mond und die Regenbogen und die Sternstrahlen und Sternschnuppen und die grünlichen Libellen und die goldgeflügelten Käferchen, und wie ich wollte, du und ich und Lysander und Oktavia und selbst der dicke alte Markgraf, wir wären Kinder und dürften mit allen Geschöpfen in diesem Rosengarten spielen, bis Gott uns einen andern Rosengarten öffnet. Ja, Christine, das alles möchte ich dir erzählen dürfen.

Du hast es mir ja erzählt, Lieber, antwortete sie.

Aber nun muß ich dir noch etwas sagen, begann Fabeck von neuem, und seine Stimme klang verändert, nämlich schwer von Gedanken und sehr ernst. Daß Lysander sich in jenes ferne Land aufgemacht hatte, das war ja nicht geschehen, weil er Reichtum und Würden erlangen und daraufhin Oktavia gewinnen wollte.

Nicht? fragte Christine betroffen.

Nein, erwiderte Fabeck. Bis an diesen Augenblick habe ich das freilich geglaubt. Jetzt aber erkenne ich, daß das nur ein Vorwand war.

Ein Vorwand? Wie soll ich das verstehen? fragte Christine in großer Beunruhigung.

Fabeck bedachte sich eine Weile und antwortete dann: Wie soll ich dir das erklären, Christine? Siehst du, in der Schule hat man dir sicherlich gesagt, falsche Vorwände gebe es nicht, und darum dürfe man diese Wendung auch nicht im Sprechen brauchen oder gar im Aufsatz niederschreiben, denn Vorwände seien notwendig immer falsch, weil ein richtiger Vorwand nicht gedacht werden könne. Aber ich meine nun, alles, was ein Mensch unternimmt, das ist für ihn ein Vorwand, um seinem Schicksal gegenübergestellt zu werden. Das möchte ich denn richtige Vorwände nennen. Und seinem Schicksal soll der Mensch gegenübergestellt werden zu einer Bewährung oder Beschämung, oder damit Kräfte und Besinnungen in ihm aufgerufen werden, die vorher nicht da oder doch nicht bewegbar waren. Und solche Vorwände sind also auch die Handlungen jener Menschen, von denen ich dir berichtete. Ja, daß ich dir diese Geschichte erzählt habe, das muß auch so ein Vorwand gewesen sein. Verstehst du, wie ich das meine, Christine?

Ich glaube wohl, daß ich es verstehe, antwortete das Mädchen. Und ich glaube, ich verstehe auch etwas, das du nicht in Worten ausgesprochen hast, auf das du aber in Bildern hast hinweisen wollen. Nämlich, daß hinter allem Schicksal noch ein höherer Name steht und daß all unser Tun und unser Leiden und unsere Vorwände wie Rosensamen aus jenem andern Rosengarten sind.

Abermals kamen Glockenschläge vom Turm der Hofkirche. Zugleich hatte sich ein leichter Wind erhoben, der das Heu rascheln machte und an welke Blätter und an den Herbst gemahnte.

Christine stand auf. Ich muß jetzt gehen, sagte sie.

Christine, sagte Fabeck leise, worauf können wir unsern Trost setzen? Wir wissen nicht, ob ein bewahrendes Rosengebüsch zum Aufwachsen bereit sein wird.

Lieber, antwortete das Mädchen, hast du vergessen, daß die Rosenlaube ja nicht aus sich selber gewachsen war, sondern aus den Kräften jener beiden Herzen? Und so wollen wir nach der rechten Gärtnerkunst trachten. Nein, begleite mich nicht. Wir wollen hier Abschied nehmen.

Werner Bergengruen, geboren 1892 in Riga. 1911–14 Studium in Marburg, München und Berlin. 1914–18 im Ersten Weltkrieg. Journalistische Tätigkeit in Tilsit, Memel und Berlin. Seit 1919 freier Schriftsteller. 1936–42 in München. Konvertierte 1936 zum katholischen Glauben. 1937 Ausschluß aus der Reichsschrifttumskammer. 1942 Übersiedlung nach Achenkirch in Tirol. 1946–58 in Zürich. Längere Zwischenaufenthalte in Italien. 1958 Umzug nach Baden-Baden, wo er 1964 starb. Das Gesamtwerk ist im Arche Verlag erschienen.

Werner Bergengruen bei Arche

Die drei Falken
Eine Novelle
96 S. Br.

Meines Vaters Haus
Gesammelte Gedichte
Hg. von N. Luise Hackelsberger
208 S. Geb.

Schnaps mit Sakuska
Baltisches Lesebuch
Hg. von N. Luise Hackelsberger
428 S. Geb. 36 Fotos

Die schönsten Novellen
Mit einem Nachwort von
N. Luise Hackelsberger
528 S. Geb.

Der Tod von Reval
Kuriose Geschichten
aus einer alten Stadt
160 S. Geb.

Arche-Klassiker in Neuausgaben

Gottfried Benn
Statische Gedichte
Hg. und mit einem Nachwort von
Paul Raabe
Neuausgabe mit CD
130 S. Geb. 4 Faks.

Albert Camus
Hochzeit des Lichts
Heimkehr nach Tipasa
Impressionen am Rande der Wüste
Aus dem Französischen von
Peter Gan und Monique Lang
120 S. Geb.

Axel Eggebrecht
Katzen
Mit Ill. von T.-A. Steinlen
96 S. Geb. 16 Ill.

Paul Klee
Gedichte. Hg. von Felix Klee
144 S. Geb. 28 Abb.